Así se hicieron amigos

MONTAÑA
ENCANTADA

Ricardo Alcántara

Ilustrado por Anne Decis

Así se hicieron amigos

EVEREST

El osezno
y
la osa

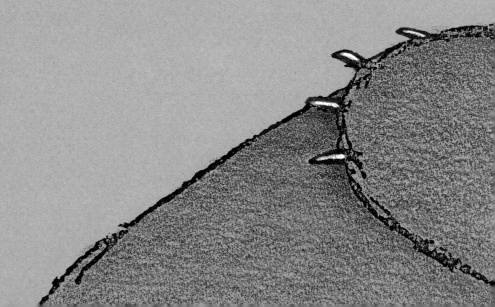

La osa
y
la cueva

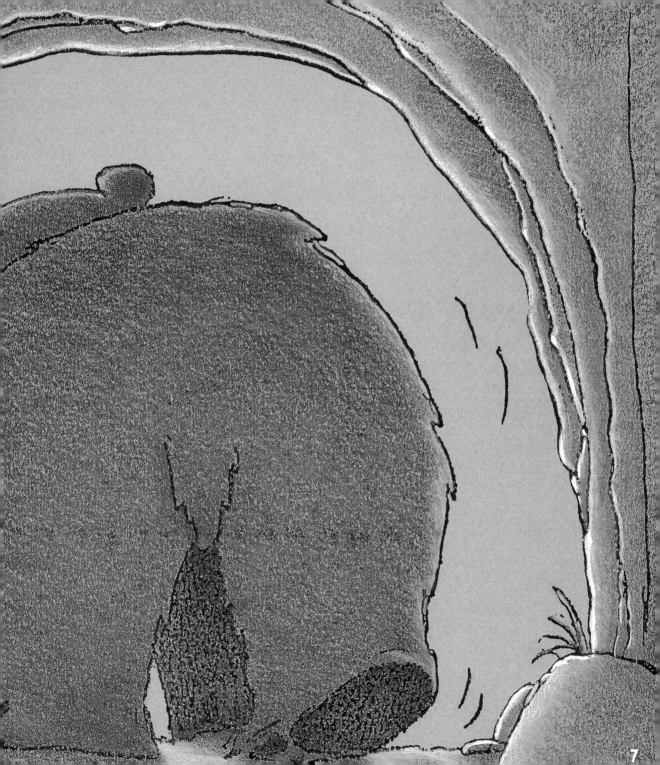

La cueva...

y el silencio

El silencio y el sol

El sol
y
los árboles

Los árboles
y
las plantas

Las plantas y la flor

La flor
y
la mariposa

La mariposa y el miedo

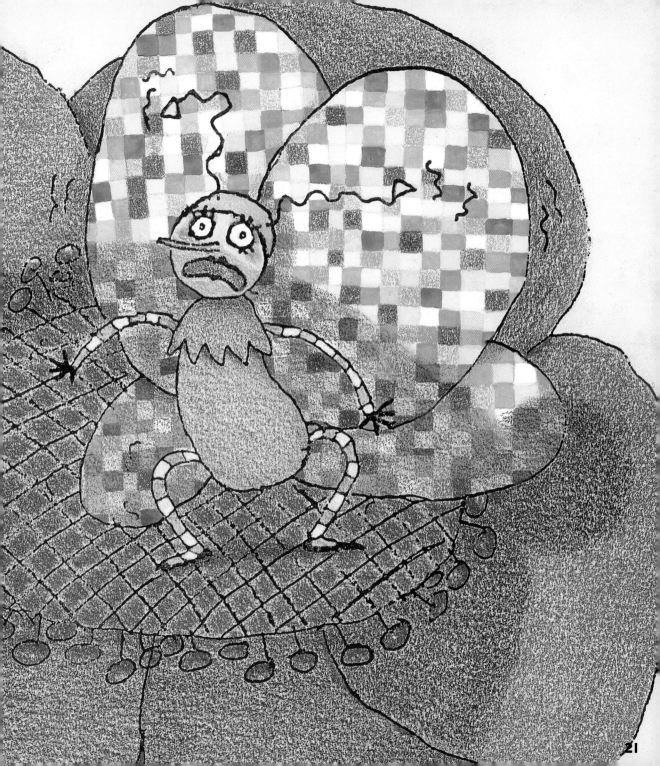

El miedo
y
el vuelo

El vuelo
y
el río

El río
y
las piedras

Las piedras y la caída

La caída...

y el mapache

El mapache y la risa

La risa y la pena

La pena
y
el llanto

El llanto...

y la sorpresa

La sorpresa
y
el amigo

El amigo...

y las alas

Las alas
y
el osezno

RICARDO ALCÁNTARA nació en Montevideo (Uruguay), pero reside en Barcelona desde 1975. Ha publicado más de un centenar de libros, varios de ellos traducidos a otros idiomas. Su gran obra como autor ha sido reconocida con varios premios literarios, entre ellos el Premio Lazarillo (1987) y el Premio Apel·les Mestres (1990). Disfruta dando vida a personajes e inventando situaciones, dirigido todo ello a los lectores más jóvenes.

ANNE DECIS nació en Mulhouse, una pequeña ciudad de Alsacia, en Francia. Estudió Diseño Gráfico y posteriormente ilustración en la Escuela de Arte Decorativo en Estrasburgo. Durante su época universitaria, colaboró en revistas y editoriales francesas. Actualmente reside en Barcelona, donde desarrolla su carrera como ilustradora de libros infantiles. Algunas de sus aficiones son disfrutar de la ciudad de Barcelona, plantar flores y montar a caballo.

Dirección editorial: Raquel López Varela
Coordinación editorial: Matthew Todd Borgens
Maquetación: Ana María García Alonso

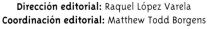

QUINTA EDICIÓN
© Ricardo Alcántara
© EDITORIAL EVEREST, S. A.
Carretera León-La Coruña, km 5 – LEÓN
ISBN: 84-241-3182-7
Depósito legal: LE. 1447-2002
Printed in Spain - Impreso en España
EDITORIAL EVERGRÁFICAS, S. L.
Carretera León-La Coruña, km 5
LEÓN (España)
www.everest.es